어느 별의 지옥

문학과지성사에서 펴낸 김혜순의 시집

또 다른 별에서(1981)
아버지가 세운 허수아비(1985, 개정판 1994)
우리들의 음화(1990, 개정판 1995)
나의 우파니샤드, 서울(1994)
불쌍한 사랑 기계(1997)
달력 공장 공장장님 보세요(2000)
한 잔의 붉은 거울(2004)
당신의 첫(2008)
슬픔치약 거울크림(2011)
피어라 돼지(2016)

문학과지성 시인선 R 12

어느 별의 지옥

펴 낸 날 2017년 4월 14일

지 은 이 김혜순
펴 낸 이 우찬제 이광호
펴 낸 곳 ㈜**문학과지성사**

등록번호 제1993-000098호
주   소 04034 서울 마포구 잔다리로7길 18(서교동 377-20)
전   화 02)338-7224
팩   스 02)323-4180(편집) 02)338-7221(영업)
전자우편 moonji@moonji.com
홈페이지 www.moonji.com

ⓒ 김혜순, 2017. Printed in Seoul, Korea

ISBN 978-89-320-3001-2 03810

이 도서의 국립중앙도서관 출판예정도서목록(CIP)은 서지정보유통지원시스템 홈페이지
(http://seoji.nl.go.kr)와 국가자료공동목록시스템(http://www.nl.go.kr/kolisnet)에서
이용하실 수 있습니다. (CIP제어번호: CIP2017008703)

문학과지성 시인선 R 12

어느 별의 지옥

김혜순

시인의 말

시들을 여기에 다시 풀어놓는다.
꼴뚜기 같은 내 시들아. 저기 저 어둔
고래를 먹어치우자. 부디.

1988년 봄

이 시집의 시들을 쓸 때 우리나라는 엄혹한 시대를 통과 중이었다. 이렇게 쓰고 보니 그렇지 않은 시대가 있었나 하는 생각이 들지만 그때가 더 그랬다. 창문은 열었지만, 맑은 날은 하루도 없는 나날이었다. 여기가 '어느 별의 지옥'이라고 생각했다. 두 군데 출판사를 연이어 다니고 있었는데, 검열이 있었고, 금서가 있었다. 시를 써서 뭐하나 하는 생각이 들었지만 청탁에는 응했다. 한 번에 쓰윽 써버린 다음 수정하지 않았다. 학대받는 새끼 짐승처럼 검열에 걸릴 짓은 미리 하지 않았다. 그렇게 내게로 찾아오는 시들을 일필휘지로 버려버렸다.

출판사 직원이었던 나는 책의 3교 다음 OK를 놓고, 가제본을 끝낸 책을 들고 시청의 군인들에게 검열받으러 갔다. 어느 땐 그들이 지운 잉크로 본문이 다 지워진 책이 숯 덩어리가 된 적도 있었다. 저자를 찾아가 한없이 울었다. 후에 그의 책은 대사 없는 무언극으로 공연되었고, 그 저자는 나의 가족이 되었다. 노동운동을 선구적으로 시작했던 여성의 일대기를 번역서로 출간한 적도 있었는데, 그 책의 역자인 그녀의 거처나 전화번호를 대라면서 경찰서에 따라가서 뺨을 일곱 대 맞은 적도 있었다. 맞으면서 숫자를 세었다. 하숙집에 엎드려 뺨 한 대에 시 한 편씩 출판사를 결근하고 썼다. 그 시들을 몇 년 묵혔다가 이 시집에 실었다. 마지막으로 쓴 일곱번째 시는 걸릴 것 같아 애당

초 넣지 않았는데 지금은 찾을 수 없다. 그래서 이 시집엔 여섯 편만 들어 있다. 점점 현실을 구체적이고, 실재적으로 묘사하지 않게 되었다. 그때 내가 왜 그렇게 실재 묘사를 두려워했는지는 나중에 여성적 글쓰기나 여성시의 화자에 대해 생각하면서 미루어 분석하게 되었지만, 작고, 재갈 물려, 웅크린 강아지 같은 목소리만 내었다. 어느 곳이든 내 영토나 내 영역이 아니었다. 나는 일상이 증발된 채 공중에 떠 있거나 처박혀 있었다. 다만 그 작은 방들, 끝없이 우리의 두려움이 아니라 그들의 두려움을 봉합할 가짜 소설이 강요되던 그 방들의 존재를 잊지 않으려고 했다. 아무도 알아보지 못하겠지만 나만은 다시 기억나는 장소들이 이 시집에 들어 있다. 그 시절 이후 다시는 이 시들을 읽지 않다가 재발간에 즈음해 다시 읽어보니 몇십 년 지난 그 장소들이 선명하게 떠올라서 놀랐다.

이 시집은 제일 먼저 청하출판사, 그다음엔 문학동네, 다시 문학과지성사로 옮겨 출간되게 되었다.

청하에서 이 시집이 나오자 김현 선생님이 불러서 말씀하셨다. 문학과지성사에서 출간하고 싶었다. 이제 결국 선생님이 계셨던 장소로 돌아가게 되었다. 나중에 편찮으신 가운데 선생님이 글을 쓰시고 서랍에 넣어두셨다고 김치수 선생님께로부터 듣게 되었다. 그것도 돌아가신 다음에 듣게 되었다. 시집을 다시 내고 싶지 않아서, 이 제의를 몇 년을 미뤘었다. 이 부끄러운 원고를 읽으신 선생님의 안타까운 마음이 생각났다.

2017년 봄
김혜순

어느 별의 지옥

차례

시인의 말

1부

그곳 1 13

그곳 2 14

그곳 3 16

그곳 4 17

그곳 5 19

그곳 6 20

동구 밖의 민주주의 21

불타오르면서 얼어붙는 나라 23

모월 모일 미 상가 24

그 망자의 눈물 25

눈동자 26

비상 27

부엉새 28

어느 날의 이명 29

한사코 시(詩)가 되지 않는 꽃 30

소금 32

큰 눈 34

혼자 가버린 녀석 36

두 눈에 안대를 하고 있어도 보여   37

먹이의 역사   39

지도   40

없음으로 있음보다   41

역사(逆史)   42

2부

죽은 줄도 모르고   47

전 세계보다 무거운 시체   49

전염병자들아 2   50

산으로 가야지   55

둥근 벽 앞에서   57

추수   59

날마다 맑은 유리처럼 떠올라   60

새들이 모두 가버린 다음   62

희극적인 복화술사   63

먹고 있는 반 고흐를 먹고 있는 태양부인   65

3부

마녀 승천   69

껍질의 삶   70

엄마의 식사 준비   72

참아주세요   74

문   76

눈 오는 날의 갑갑함　77

유리　79

어느 별의 지옥　81

4부

잠시 후의 나를 위하여　85

행진　87

큰 돌　89

연습　90

앞에 앉은 사람　91

고통에 찬 매스게임　93

제삿밥 먹으러 온 망자들이 보이니　95

뒤로 걷는 사람　97

하늘 아래 새로운 것 없다더니　98

가는 길　100

검은 새　102

큰 눈이 다가온다　104

나를 싣고 흘러만 가는 조그만 땅　106

눈　107

오후만 있던 일요일　108

해설 | 그곳, 그날, 그리고 지금 – 여기 · 오연경　109

기획의 말　131

일러두기

1. 이 책은 『어느 별의 지옥』(청하, 1988)의 복간본이다.

2. 저자의 확인을 거쳐 수록 시의 편수를 조정하고 몇몇 시의 시어, 시행, 문장부호를 새롭게 확정했다.

3. 수록된 시의 경우, 맞춤법과 외래어 표기, 문장부호는 현행 국립국어원 규정을 원칙으로 삼되, 띄어쓰기는 문학과지성사 자체 규정을 따랐다.

4. 원문의 한자어는 문맥상 필요하다고 판단되는 경우 외에는 한글로 옮기거나 처음 1회 병기하는 것을 원칙으로 삼았다.

1부

그곳 1

그곳, 불이 환한

그림자조차 데리고 들어갈 수 없는

눈을 감고 있어도 환한

잠 속에서도 제 두개골 펄떡거리는 것이

보이는, 환한

그곳, 세계 제일의 창작소

끝없이 에피소드들이 한 두릅 썩은 조기처럼

엮어져 대못에 걸리는

그곳,

두 뺨에 두 눈에 두 허벅지에

마구 떨어지는 말 발길처럼

스토리와 테마 들이 만들어져 떨어지는

그곳,

밖에선 모두 칠흑처럼 불 끄고 숨죽였는데

나만 홀로

불 켠 조그만 상자처럼

환한

그곳,

그곳 2
―마녀 화형식

채찍으로 내리치지 않아도 나는
발가벗긴다
발가벗긴 내 위로
물이 내린다
안개가 쏟아진다
이슬이 맺힌다

다음―아버지들이 나온다
나와서 내 몸 밖에 커튼을 친다
비단처럼 보드라운! 그러나 강철 커튼!
솜처럼 푹신한! 그러나 이불보다 더 두꺼운!
다음―말씀의 채찍으로 내리친다
다음―잉크를 먹인다
몸통 가득 잉크가 차올라온다

드디어 발가벗기고 매 맞고
무거운 이야기를 옷인 양 입고
몸 위로 가득 글씨를 토하고야 만다

수 세기 전에도 했던

비밀의 그 예언을

몸 전체에 부끄러운 불길을 매단 채

그곳 3
―검정 또는 겨울

그곳에 갇힌다
척추가 부러진 남자가
쓰러지면서 놓친 빨간 사과가
놀라서 벌어지던 입술 어머니의 자장가
그 사이로 아·버·지·의·매·질·
그곳에 갇힌다
찬바람 불어 한꺼번에 잎을 떨구던, 마주 선
둥그런 은행나무 두 그루 나뭇잎은 떨어져서, 살은
썩어서, 사과는 굴러가서, 코피는 쏟아져서
이빨은 뽑혀서 갇힌다, 그곳에

그곳! 똥구덩이 얼어붙은 폭포
천만 개의 자물쇠로 밀봉된 검정!

그곳 4

어느 날 갑자기
여자는 호출된다
들판에서 친구의 결혼식
축가를 부르던 중에
여자는 큰골 속처럼 국수 가닥들이
저마다 끓고 있는
방들 사이로
들어간다

그곳, 깜깜한 비지 덩어리
비지 덩어리를 칼로 내리치면
동생을 출산하고 있는 아버지
나무에 열린 아이들
용(龍)이 승천한 태고(太古)
표범 한 마리 치마폭을 파고드는
별이 비물질적으로 쏟아지는 곳
콩비지 뭉치의 측면도!

탯줄 대신 줄거리를 낳고

태반 대신 커튼을 내린 검은 방의 모의를 낳고

신생아 대신 복도 끝으로 내몰린 큰 눈의 큰 어른을 낳는

이야기의 산부인과 혹은 대형(大兄)의 중추

뭉쳐진 콩비지 그곳

그곳 5

아름다운 너에게
밝게 떠오르는 너에게
아직도 남아 있는 너에게
나의 안부를 보낼 수 없을 땐
어떻게 하나
벽에다 그림이나 그리지
그것도 눈길만으로
왼쪽 뺨 맞을 때와
오른쪽 뺨 맞을 때
그 짧은 막간
벽에다 잠시
마지막 남아 있는 내 동공을
힘주어 쏘아 보내지
내 몸을 활처럼 구부려

그곳 6

인생은 흘러가는 것만은 아니다
돌연, 네모난 곳의 창문이 열리고
강물이 소용돌이친다
××는 버틴다
○○는 배반한다
△△는 절망한다
□□는 죽는다
그러나 잠시 후
강물은 또다시 흐르고
또 수만 개
네모난 방의 소용돌이
그곳이 세워진다

동구 밖의 민주주의

멀어질수록 커지는 사람
소실점 밖에 서서
애드벌룬처럼 가득히 부푸는 사람
그는 실체가 없으면서
그러나 큰 덩어리이면서
보고 싶음과
서글픔과
안타까움과
그리움을
송두리째 먹어버리고
날마다 커지는 사람
너무 커져버린 모습
나를 내리누르며
눈물 보따리와
오장육부를 쥐어짜는 사람

없지만 있다는 그를 안고
뒹굴다 보면

새벽 태양 떠오를 때

산봉우리처럼 부풀어오는 사람

불타오르면서 얼어붙는 나라

불타오르면서 얼어붙는 나라
싸우고 총 쏘고 핵탄두 발사! 하면서
얼어붙는 나라
사건이 끓고
얽힌 시선들이 부글부글 끓어오르면서
가지고 있던 온기 다 버리고
얼음 지옥이 된 우리나라

불타오르는 머리털을 움켜쥐고
달려가는 저기 저 천재
벌써
사지가 쩍쩍 갈라지고 있네

모월 모일 미 상가

소문이 횡행하는 거리
사건이 깊어갈수록 무르익는 미 상가 행상인의 외침
모월 모일 그 여자가 입었던 것과 똑같은 속옷이오!

알리바이
알리바이를 위한 알리바이
알리바이를 뒤엎는 알리바이
암거래
끝없는 입술들의 연결
(철사에 매달린 입술들이 쉴 새 없이 떠드는 광경)

사건의 시체는 박제되어 밀실에 걸려 있고
시신도 없이 터지는 고름! 끊어지는 내장!
물에 불어난 시신들의 염통이 미 상가를 뒤덮어요
드디어 모월 모일 미 상가 영화관 간판 옆에 박제된 시신
이 내걸리면
조만간 검은 콜타르를 확 뒤집어쓸 모월 모일 미 상가의
방명록

그 망자의 눈물

왜 눈에서만 눈물이 나오는지
코에서 나오는 콧물, 귀에서 나오는 귓물
입에서 나오는 침 모두 고장입니다 하는데
왜 눈에서 나오는
물은 그리 전염이 잘 되는지

눈에서 나와 전신의 때를 벗기는
수심 20미터 깊이로
전신을 떠내려가게 하는

그는 마지막 숨을 거두면서
마음을 짜 한 방울 흘렸다
그가 가자 온 나라가
휩쓸렸다 다리가 끊어지고, 가로수들이
뿌리째 뽑혔다
미친 돼지들이 떠내려갔다

눈동자

겨울나무는
저렇게 팔!
뚝 부러지고
척추!
탁 분질러진
겨울나무는
그러나 겨울나무는
눈 내리고 바람 부는 겨울 산에
올라보라
저기 저
시퍼런 눈동자들이
보이지 않는
겨울나무 이마빡 아래
푸른 불!
환히 켠 거!

비상

나는 세상에 태어나
단 한 번 날아보았다

A가 나를 때리고 간 뒤
B가 걷어차고 가고
쓰러진 나를 C가
채찍으로 꼼꼼히 갈기고, 다음
D가 어루만지는 척
상처 난 전신을 다듬이질할 때

한파람 피리 가닥처럼 내가
날아오르는 그 소리
들었다

부엉새

부엉새와 눈싸움하기
한 시간, 두 시간 절대 고개 돌리지 않는 저 당당함
두 개의 흑진주
한 점의 먼지도 용납지 않는
칠흑 같은 시선

　　내 두 눈이 오직 상처에 뒤덮인 듯
　　내 두 눈에서 고름이 흐르는 듯
　　이 흐린 어둠을 끌어안고
　　끝없이 뒷걸음질 친다

잠든 나무들과 잠든 짐승들의 그믐을 빨아들인 듯
밤의 핵으로 빚은 듯
말없이 당당한
결정(結晶)

어느 날의 이명

그의 목소리를 담고
마음은 나를 쫓아다녔다, 새처럼
까옥거리면서
방심하고 있을 때 새는 덮쳤다
그다음 두 귀를 파먹고
그 속에 집 지었다
부리를 비벼대면서

아아아아아아 ―

외마디 비명을 지르며
한 꺼풀 벗겨져서
속살이 지천으로 마구 익었다
소리란 소리가 모두 증발했다

귀를 자르고 싶던 그날 이후

한사코 시(詩)가 되지 않는 꽃

너무 차가운 것은
시가 되지 않는다
너무 뜨거운 것은
시가 아니다
끓는 물속에
두 발 담그고 있을 땐
시가 나오지 않는다
얼음 속에 누워
눈 뻐언히 뜨고 있을 땐
시가 나오지 않는다

그날, 아무도 시를 쓰지 않았다
다만 전화를 걸었다
수화기를 들고, 은밀히
시를 날려 보냈다
──새 옷을 입었는가?
──아니, 다만 헌 옷을 벗었어
그날, 아무도 시를 쓰지 않고

웨딩드레스를 찢어

붕대를 만들고

밥주발을 들어

각자의 머리를 담을 관을 삼았다

너무 아름다운 것은

시가 아니다

그날, 입을 벌려

처음인 듯 울 때

그것은 시가 아니었다

다만

한 도시 전체의 개화(開花)

지구 밖에 떠오른

한사코 시가 되지 않는 꽃!

소금

이편과 저편의 조용함
이편이 저편을 녹이고
저편이 이편을 마시고
부드럽게 섞여 돌아가는 봄
밤, 이편과 저편의 하염없는 삼투압
그러나 꿈, 깨뜨리면 없는
계란 속에나 있는
　내일 아침 같은

이편이 저편을 일으켜 세우고
머리끄덩이를 치솟게 하고
독방(獨房)에 처넣고
짠똥을 찔끔거리게 하고
소리를 다 꺼내게 하고
불안의 콩들을 핏줄기 속으로 쏟아붓는
대낮, 잠들고 싶지 않은 봄
물, 검은 뿌리를 두 발 아래 뻗치고
녹지 않으려

잠들어 섞이지 않으려

두 눈에 두 손가락을 쑤셔 박는

끓는 물속에 빠진 아편의 한낮

안 돼 안 돼 그러다가

짠물을 화악 싸는

큰 눈

광목을
서리서리 풀어놓듯이
관절의 매듭을 풀고
전신을 누여
한없이 풀어보게
가슴 골짜기에서
새들도 쉬게 하고
양어깨쯤에선 소나무 밤나무
측백나무 돋아나게 하게
기지개 켜다가 얼굴 위로 강물
툭! 터져 흐르게
은어 한 마리 불쑥
낳아보기도 하게
그 은어가 알 낳는 걸
바라보는 큰 눈이 되기도 하게
발가락 밑에 태평양
둘러치고
속으로 몸 가린

무덤들도 튀어 오르게 하고
살 밑에서 올라오던
살찐 허수아비들을
멀리 팽개치기도 하게
공중 높이
태양만큼 높이
앓는 심장을
펼쳐진 채 펄떡이는
땅덩어리 위로
뽑아 올려보게

혼자 가버린 녀석

또 봄이 오면 너는 하나이 일곱으로
일곱이 서른으로 태어나라
경상도로 전라도로 동시에 태어나라
오장육부에 짚 더미 우겨 넣고
수천 길동(吉童)이 감영마다 한날한시에 출몰하듯
그렇게 지천으로 피어나라
그리하여 희고 시린
숨찬
가위가 되라 밤이면
우리 혼곤한 잠 속에 감춘 꼬리를 틀어잡고
마구 자맥질시키는 그런 가위가 돼라
혼자 죽어버린 녀석아

두 눈에 안대를 하고 있어도 보여

전 재산을 처분해서
검은 진주를 하나 사듯이
온몸을 처분해서
눈을 하나 사야지

한번 보면
영원히 잊지 않고
저장해두는 눈
묻어도 썩지 않는 눈
타지 않는 검은 눈동자를 사야지

두 눈에 안대를 하고 있어도
눈 뜨고 나를 뻐언히
들여다보는 눈
목숨을 뚝 끊으면
내 목이 끊어지지 않고
먼저 세상이 내 앞에서
뚜욱 끊어지고

그다음 이스트처럼 부풀

눈동자

눈동자만의 삶을

먹이의 역사
— 유료사천년흘인이력적아(有了四千年吃人履歷的我)*

비쩍 마른 女子가 살찐 男子를 먹어치운다 발톱 하나 남기
지 않고 깨끗이 먹어치운다 먹고 나서 또 먹으려고 두리번
거린다 먹으면 먹을수록 마른 女子는 더욱 마른다 바짝 마
른 女子가 살찐 男子들과 살찐 女子들을 모조리 먹어치운다
그래서 먹혀버린 살찐 男子들과 살찐 女子들은 바짝 마른 女
子의 피와 살이 된다 배고픔이 배고픔을 부르는 배고픈 피
와 배고픈 살이 된다 바짝 마르고 배고픈 女子는 다 먹고도
또 먹으려고 한다 눈이 커지고 이빨이 점점 날카로워진다
배고픔은 갈수록 심해지고, 女子는 견딜 수 없이 땅을 뭉청
잘라 먹는다 다음엔 제 가슴도 잘라 먹고 제 몸뚱아리도 잘
라 먹는다 눈동자도 빼 먹고 제 백골도 아드득아드득 깨물
어 먹는다 자, 이제 얼마 후 태평양이 한꺼번에 그 바짝 마
른 女子의 아가리를 향해 돌진하는 것을 보게 되리라

* 4천 년간이나 사람을 먹어온 역사를 가진 우리(루쉰, 『광인일기』).

지도

파란 하늘 아래
구름 만개(滿開)

내 두 귀를 양손에
부여잡고 잡아당긴다
(찢어지는 소리 잠깐)

각자의 하늘을 나누어 받고
흘러가는 구름들

내 마음의 문을 열고
손목을 집어넣어
하늘을 들쑤시는 너희 주먹들
정전기
소나기 고공낙하

파란 하늘이 찢어진 구름을 향해 빙초산 몇 방울
그 하늘 아래 아메리카 구름
아시아 구름 사우스 코리아 구름!

없음으로 있음보다

사랑은 없음으로
평화는 없음으로
자유는 없음으로

자유는 있음보다

그는 없음으로 소리친다
그는 없음으로 끌어당긴다
그는 없음으로 병(病)들게 한다

그러므로 나 또한 없음으로
없음으로써
한사코 있으려고 하는 나를
돌려

역사(逆史)

걸어온다
머리 풀고 옷고름 풀고
걸어온다
다 흘러가고 있을 때
다 지느러미를 흔들며
가고 있을 때
홀로 되돌아와서
소금을 훌훌 뿌리는
여자가

뛰어온다
치마 깃 걷어 들고
춤추며 온다
다 어깨 걸고
흘러가고 있을 때
홀로 되돌아와서
뺨을 갈기며
토사물을 머리에 쏟아붓는
여자가

날아온다

눈꺼풀도 없고

입술도 없고

구멍뿐인 여자가

바위틈에 알을 낳고

또다시 흘러가고 있을 때

거슬러 오르자고

비수를 내미는

전생까지라도 가자고

한 달에 한 번 피비린내 나는

여자가

2부

죽은 줄도 모르고

죽은 줄도 모르고 그는
황급히 일어난다
텅 빈 가슴 위에
점잖게 넥타이를 매고
메마른 머리칼에
기름을 바르고
구더기들이 기어 나오는 내장 속에
우유를 쏟아붓고
죽은 발가죽 위에
소가죽 구두를 씌우고
묘비들이 즐비한 거리를
바람처럼 내달린다

죽은 줄도 모르고 그는
먼지를 털며 돌아온다
죽은 여자의 관 옆에
이불을 깔고
허리를 굽히면

머리칼이 쏟아져 쌓이고

차가운 이빨들이 입안에서 쏟아진다

그다음 주름진 살갗이

발아래 떨어지고

죽은 줄도 모르고 그는

다시 죽음에 들면서

내일 묘비에 새길 근사한

한마디 쩝쩝거리며

관 뚜껑을 스스로 끌어 올린다

전 세계보다 무거운 시체

죽으면 쳐들어온다

일생 동안 먹었던 밥들이

일생 동안 뱉었던 말들이

일생 동안 누었던 똥들이

일생 동안 마셨던 물들이

모두 쳐들어온다

몸속으로 다시 되돌아온다

되돌아와서는

창자에서

목구멍까지 차곡차곡 쌓인다

그리하여 이윽고 나는

저 바위보다 더 무거운

전 세계를 내 몸속에

담아 들고

저세상으로 빠져들어간다

전염병자들아 2

겨드랑이에서 열은 꽃처럼 피고
두 손목에서 맥박이 천둥처럼 울릴 때

생명을 내쫓는 의사들이 들어오고
한 평생의 벽화가 문득 바래지고 있을 때

마지막 주사!
10초간 꽃피는 황금색 숨결! 우렁찬 유언

　　─내 너희에게 저승을 선물하노니
　　　　황금 물을 마시고
　　　　황금 물감을 전신에 도포(塗布)하라, 경직하라

문득 문이 열리고
내가 떠난 침상 위로
두 발을 올려놓고
산소마스크를 쓰며
앓기 시작하는

다음 세대여, 전염병자들이여

죽음 속에 한 번
삶 속에 한 번
담갔다 꺼내면서
꺼냈다 담그면서

썩어 문드러진 희망, 한 입
던지면 재빨리 입속으로
다시 쳐들어오는 희망, 한 입
먹였다, 빼앗고
토할 때, 또, 먹이면서
때리면서
침, 뱉으면서
달래면서
약, 주면서

생명마저 넣었다가 꺼내면서

꺼냈다, 다시,
주사하면서

— 어서 내놓아보시지
아지랑이의 시작을
머릿속으로
도망가도 다 알아
표상(表象)의 원흉을 내놓아
보시지

그러나 깊은 밤
그들이 잠든
때 아닌 때
공포는 말을 타고 도착한다
링거 바늘이 달아나고
비로소 관자놀이의
피가 솟구치고
한 몸이 된 공포와

내가

맨몸으로 솟구쳤다가

황금빛 어둠 속으로

빠져들 때

내 눈은 놓치지 않는다

이미 떠나간 자들이

붉은 카펫을 깔고

기다리고 있음을

나를 위해 예비한

향촉(香燭)이 불붙고 있음을

한 사람이 음메 하고 가다가

흙 속에 처박힌다

한 사람이 꿀꿀 하고 가다가

흙 속에 처박힌다

한세상 가득 실은

마차가 먼저 떠나고

그림자만 남은 세상이

일제히! 황금의 문을 열어

들어오시압!

산으로 가야지

산으로 가야지
남은 식구들 배불리 먹고 노래 부를
흰 쌀밥을 지어놓고
환한 불은 아궁이에 지펴놓고
허리를 구부리고
머리엔 새끼줄을 칭칭 감고
얕은 산을 넘고
깊은 산을 넘고
산으로 가야지

한밤은 올올이 풀어져 땅속으로 스며들고
깊은 산은 허리띠 풀고 부풀어 올라
산과 밤이 식은 죽처럼 삭고 있는 밤
내 살아온 먼먼 날들이
쿨럭쿨럭
까·마·귀·까·마·귀·
뱉어놓는 밤
산으로 가야지

혼자서 가야지

산으로 가야지
검은 밥과 검은 죽음과 검은 배고픔과 검은 추위와
그리고 검은 고통에게
모두 내어 주고
바위보다 더 무거운
검은 영혼 아래
몸을 누이고
사라져가는
반짝 내 눈동자를
마지막으로 봐두어야지
걸어서 가야지
굶어 죽으러

둥근 벽 앞에서

편지를 부치면
되돌아온다
지구를 한 바퀴 돌아
사랑을 보내면
사랑하는 두 손목이
금방 돌아와
발밑에서 부서진다

새를 날리면
새는 날아가
내게 박히고
일생을 기울여
흘려 보내면
강물은 가서
다시 돌아오고
사지를 좌악 펼쳐
하늘을 보내면
하늘은 지평선 수평선

구부러져 돌아오고

이리하여
마지막 날
통곡의 둥근 벽 앞에서
난 너에게
욕설을 퍼붓는다
네 이놈
어서 나와
사약을 받아라!
그리고
얼른 내가 사약 사발을 들어
마셔버린다

추수

이루었도다 하면서
드러눕는 들판
싸웠도다 하면서
목을 내어주는 가을

지지 않으리 하면서
폭양을 끌어안고 뒹굴던 것
울지 않으리 하면서
칠흑 폭풍우
불끈 쥐고 소리소리 지르던 것

이루었도다 하면서
지푸라기 마른 가지 불쏘시개 잿더미
내려앉는 이 품

날마다 맑은 유리처럼 떠올라

넌 모를 거야
밤마다 내가
나를 살그머니 눕혀놓고
네게로 간다는 걸

       이건 더욱 모를 거야
       밤마다 네가
       너를 벗어나
       나를 맞으러 나온다는 걸

둘이서 손잡고
요단 강을 넘나들며
벗은 몸에 꽃잎을 달고
불꽃을
입으로 내뿜으면서
발목에 지구를 매달고 날아다닌다는 걸
정말 모를 거야

       깊은 밤 둘이서

맑은 유리처럼 떠올라
하늘을 마시고 달을 삼키며
그림자도 없이
포옹한다는 걸

그리고 넌 이것도 모를 거야
밤이 가면
다시 돌아가
소리도 없이
드러눕는다는 걸
불을 *끄고*
땅속 깊이 꽃대궁을
묻어둔다는 걸
그리고 영혼을
감춘다는 걸

새들이 모두 가버린 다음

그래도 질긴
우리는 남아서
모이기만 하면 서로 사랑스레
무덤도 지어주면서
등도 두드려주면서

그러나 저마다 돌아서면
양팔을 힘껏! 벌려
품에 품고는
제 무덤인 줄도 모르고
더 힘껏 더 힘껏 부둥켜안고는
요 깔고 이불 깔고 사지를 좌악 벌려
사랑한다 사랑한다 잠꼬대까지 하면서
울던 새들이 사라진 이 세상에
나만 남아서

희극적인 복화술사

검은 모자를 쓰고
검은 지팡이를 들고
검은 턱시도의 꼬리를 펄럭이며
장례식을 집전하듯

가리고 가리면서
소맷자락을 끌어 내리지만

배 속에서 갑자기 인형이 튀어나오듯
저주의 말을 씨앗처럼
뱉을 때가 있다

인형의 입을 틀어막으면
내 입이 막히고
느닷없이 배 속에서 죽음이
참았던 웃음처럼
터질 때가 있다

검은 장갑을 벗고 검은 모자를 쓰고 돌아서 나갈 때
그렇게 끝없는 끝이

먹고 있는 반 고흐를 먹고 있는
태양부인

끓고 있는 들판 범벅
보리밭 길을 몇 동강 썰어 넣고
해바라기씨를 끼얹으며
주걱으로 휘휘 저어놓은
주황빛 스튜
반 고흐의 식사 준비

가마솥처럼 펄펄 끓고 있는 그의
뇌수(腦髓), 시간이 흐를수록
맹렬히 끓는 소용돌이
들판 범벅을 쑤는 주걱을 든
손을 미친 듯 떨게 하는
두개골의 한없는 용솟음
반 고흐의 머리 뚜껑을 열어놓고
국수를 삶고 있는 시대
태양부인의 식사 준비

3부

마녀 승천

창문을 열면 거기 아침 하늘이 펼쳐졌겠지
거기서 조금 나아가면 바다를 볼 수 있을까

창문 아래엔 흙도 있고 풀포기 풀벌레 한가로울 거야
그리고 거기 풀 위에 내가 있겠지
눈을 감고 있을까
머리는 으깨졌을 거야 아마
골반도 으깨졌겠지
웬만큼 높은 곳이어야지
그들이 나를 또 쓸어 담겠지
담아 들고 가서 쾅 처넣을 거야
그럴 거야

공중에 매달린
독방에 홀로 누워
내가 썩어

껍질의 삶

너는 박제의 천재
삽시간에 내장을 꺼내고
더운 피를 버리고
뇌수를 발라내고
살과 뼈를 말리는
그다음 그림자도 보이지 않는
환한 빛솜으로 몸속을 채우는

너를 보면 저절로 웃지
입술 속엔 구겨진 휴지 뭉치가 들어 있으니까
너를 보면 머릿속이 환하지
너를 보면 옷을 벗지
속이 환하니까

너를 보면 혈색이 나지
네가 물감을 칠해주니까

너는 박제의 천재

내 신경의 끝에

매달린 네 신경의 끝

내 핏줄의 끝에

매달린 네 붓 끝

네가 이끄는 대로

덜그덕거리며 걸어온 먼 길

네가 이끄는 대로 양팔을 벌려

윗입술 아랫입술 달싹거려온

먼먼 길

엄마의 식사 준비

아버지의 폭탄이 터진 뒤라고 한다

구워지고 있었다
전자레인지에서처럼
지방이 튀어 오르고
불똥이 튀고
살갗이 타들어갔다
한쪽에선 뼈대에 살갗을 걸레처럼 걸고
불 속에 서 있었다
토마토처럼 으깨지고도 있었다
거대한 돌에 눌려서
두부가 되어가는 것도 있었다
배가 뼁뼁 터지며
구린내를 풍기는 것도 있었다
온 들판 전체가
누가 먹으러 오는지 알지도 못한 채
전신에 눈물을 칠하고
튀겨지고 있었다

어머니가 눈물을 삼키며 식사를 준비하고 계셨다

참아주세요

몸속으로 풍덩
두레박을 넣어 물을 길어 올리겠어요
그 물로 쌀을 씻어
맛있는 저녁 식사를 지어 올리겠어요

살을 풀고 피를 섞어
쫄깃한 잡채도 버무리겠어요
참다 못해 깊은 산이 샘물을 터뜨리듯
솟아나는 눈물을 받아서
생수 한 잔 곁들이겠어요
피어오르는 숨결로
저녁 식탁의 따뜻함을
장식해드리겠어요

그러니 참아주세요
밥주발 속에 깨지지 않는
돌 몇 개쯤 들어 있다고
화내지 말아주세요

설사 그 돌이 내 진의(眞意)라

생각되더라도

너그러이 참고 제발 삼켜만 주세요

문

저 어두운 밤을 향해

시신(屍身)들의 기다림을 향해

한없이 내려만 갈 우물을 향해

눈물도 없이

울고 있는 아이들 앞에서

상복(喪服) 입은 여자들 앞에서

돌을 던지는 산역(山役)꾼들 앞에서

감옥의 문은 닫혔다 열린다

죽음의 문은 닫혔다 열린다

보드라운 속살로 만들어졌을 네 입술의 문은

두드리지 않아도

닫혔다가

다시

열린다

눈 오는 날의 갑갑함

머얼리 소리치면
소리가 가슴에
무거운 돌처럼 돌아와요
가슴속에도 산이
있고 바다가
있고 길도 있어요
그 산속에 바닷속에 길 속에
돌들이
흩어져요
수천 개 수억 개
흩어져 떨어져요
머얼리 소리쳐도
누구에게도
들리지 않나 봐요
눈 오는 날 노래 부르면
눈에서도 귀에서도 입에서도
돌이 쏟아져요
속에서도 밖에서도

돌이 내리고

아무도 태양을 보진 못해요

유리

나에겐
너희들의 손자국이 남지 않아
나에겐
너희들의 물이 들지 않아
다만
너희들의 그림자만 미끄러진 듯
나에겐
너희들의 몸무게도 실리지 않아
체온도
채찍도 닿지 않아
나에겐
달콤한 목소리도 닿지 않아
뜨거운 눈물도 없어
그러나 난
단번에 깨어질 줄 알아
아침 햇살에
천만 갈래
반짝이면서

일순간 너희들의 눈알을 베고
날아가버릴 줄 알아

어느 별의 지옥

무덤은 여기
가슴에 매달린 두 개의 봉분
이 아래 몇 세기 전의 사람들이 아직 묻혀
숨 들이켜고 있는 곳
바다에 달 뜨고 달 지듯
두 개의 무덤 아래
죽은 자들이 모여
망망대해를 펼치고 오므리는
달을 올리고 끌어당기는
여자의 깊은 몸 구중궁궐
또 한세상
몇 세기 전의 어둠이 아직도
피 흘리며 갇혀 있다가
초승달 떠오를 때
기지개 켜는 곳
뱀과 뱀이 입 맞추고
초록 풀 나무 덩굴이 수천 번
되살아나고 뒈지는 곳
어느 별의 지옥은 여기

4부

잠시 후의 나를 위하여

내가 왼손에 담배를 들고
오른손으로 라이터를 켤 때는
기저귀 찬 갓난아기인 내가 흰 칼라를
달고 선 소녀인 내가 하이힐을 신고
기우뚱거리는 내가 오늘 밤
너와 욕설로 술 마시는 내가 잠시 전
의 내가 모든 사람인 내가
왼손으로 담배를 들고
오른손으로 라이터를 켜는 것입니다

잠시 후 내가 두 콧구멍에서 연기를 내뿜을 때도
여러 개의 콧구멍들이 두 줄기
흰 연기를 내보내는 것입니다

다시 내가 손가락 사이에 술잔을 끼우고
입속으로 술을 부으면
수십 개의 손가락 사이에 술잔이 끼워지고
수십 개의 벌려진 입이 술을 마시며

수십 개의 염통이

그중에서도 기저귀 찬 갓난아기인 나와 잠시 후에 나의 아

가에게 기저귀 채울 내가 가장 큰 목소리로

그런 잠시 후 네가 내 뺨을 정신 차렷! 갈기며 일어서면

내가, 내가내가내가내가내가

그중에서도 서른 살 넘은 여자인 내가 가장 늦게 일어서서

수십 개의 파장을 울려

한 살짜리 고사리 같은 손가락을 곧추세워

두 살짜리 세 살짜리 네 살짜리

그 손가락에다 반지까지 끼운 손가락을 곧추세워

수십 여자인 나를 가리키며

멱따는 목소리로

나는 나란 말이야!

만지지 말란 말이야!

행진

낡고 큰 책장이 한 장 한 장
찢어지듯
한 그루 뽕나무가 후두둑후두둑
뽕잎을 떨구듯
세월에 묻힌 벽화가 조금씩
먼지를 털듯
전생이 걸어간다

물 한 모금 마시고
전생의 여인이 뽕나무 그늘에서 죽을 때
술 한 모금 마시고
이승의 내가 한 겹 땅 밑에서 오늘 이 시간

낡고 큰 책장이 찢어지고
한 점 벽화가 모두 드러나
술 취한 내가 그림 속의 나를
무심히 바라보듯

전생의 그 여인이 두 손에

어린 딸 같은 복숭아 하나 품고

죽을 때

나는 빈 자루 하나 짊어지고

전쟁이야 전쟁이야

한 겹 낡고 큰 책장 아래

또 숨으러 간다

큰 돌

책상 한가운데 주인처럼
눈 감으면 눈 속으로
이놈의 돌! 뺑 걷어차면
발목에 얹히는 돌!
고약한 놈! 모가지 위에 올려놓고 위태롭게 걸어간다
잘 때는 베개 위에 주인처럼

돌·무거운 돌·큰 돌·고인돌·
(힘을 쓰며) 이·돌·을·던·져·올·려!
저 멀   리!
(얼굴이 점차 붉어지면서) 투·원·반·선·수·처·럼·던·져!

내 위에 내 묘비처럼!
부둥켜안을 수도, 짓밟고 넘어갈 수도
씹어 삼킬 수도 없는 돌이 있다
다래끼처럼 눈가에 머물다가도
섬보다 더 크게 나를 내리누르는 큰
돌!

연습

나날이 다가와서
우리를 깨우고
연습시킨다
이렇게 죽는 방법이 있지
일어나 기지개 켜다가 이렇게
이렇게 배불리 먹고 배가 터져서
이렇게 희희낙락하다가 숨이 억 막혀서
이렇게 절망적인 대화를
나누다 말이 끊어짐과 동시에
맥을 놓으면서
이렇게 죽는 방법도 있지
나날이 다가와서
우리를 잠들게 하고
또 연습시킨다
그렇게 흑심을 감춘 채
축복의 말을 중얼거리다

앞에 앉은 사람

그는 열차를 타고 가는 중이었다
열차의 종착역에 그의 죽음이
기다리고 있었다
그는 열차 그중에서도 통로에
앉아 있었다
그도 열차도 죽음을 향해 가고 있었다

그는 모자를 벗었다
그는 신발을 벗었다
그는 외투를 벗었다
생각난 듯 그는 시계를 풀었다
잠시 후 그는 콧구멍과 입에서
두개골을 풀어내어
바닥에 게우기 시작했다

곧 종착역이다
아직 곧은 아니지만
곧은 곧 올 것이고

곧

마치 내일 아침이

이렇게 마주 앉은 그와 내 앞에

비어 있는 것처럼

곧

그는

그래 이제 곧

고통에 찬 매스게임

죽은 가수는
지구를 맴돌며
아직도 제 노래를 끊지 않네
노 젓기 노래 같은
레코드판처럼
혹은 회전무대처럼 돌아가며
맴돌며

무대에서는
무용수들이
땅속에서 감자가 튀어나오는 것처럼
찰흙에서 얼굴을 빚어내는 것처럼
박차고 뛰어나왔다가는 다시 땅속으로 스며들고
다시 일어서고 또 돌아눕고
매스게임이
불원천리 영겁으로

그리하여 아직도 나는 네 노래에 따라

등장했다가 퇴장하고

다시 사라지면서

짝을 바꾸고

얼굴을 바꾸고

꿈인가 생시인가 임이런가 객(客)이런가

반색하면서

네 손목을 놓을 때까지

스텝을 빠뜨리지 않으면서

제삿밥 먹으러 온 망자들이 보이니

나는 보인다
안 보이다가 보인다
나는 안 보이는 것만 보인다
나는 보이는 것은 안 보인다
보이다가 안 보인다

눈 감으면 모래, 시방 묻히고 있는
내가 보이니 큰일 났다
목욕통 속에 누워 있으면 흐흐
관 속에 눈 버언히 뜬
나보다 더 젊은 내가 보이니
내가 어머니 염통과 얘기하고 있을 그때가
보이니 큰일 났다 큰일이 났다 큰일이 터져버렸다
제삿밥 먹고 있는 망자들이 보이니
우르르 달려와서
피 된통 칠하고 또 한 번 죽어
넘어지는 게 보이니
큰일 났다 된통 났다

죽어서 내 밥그릇 위에

툭툭 넘어지는 게 보이니 큰일 났다

뒤로 걷는 사람

머릿속에는 외로운 개 한 마리 살고 있다
침을 흘리며
산더미처럼 쌓인 쓰레기 더미를 헤집으며
빈집의 창문을 열었다 닫으며
모래밭에 찍힌 발자국을 뒤집으며
안개 속에 가고 있다

너 오늘 심장에 시계를 달고
뚝딱뚝딱 걸어가고 있을 때
너 오늘 두 다리에 초침 시침 걸고
이쪽저쪽 노 저어 가고 있을 때
너 오늘 걸어간 그 길을
재빨리 누군가 지워버리며 따라가고 있을 때
머릿속 개 한 마리
꼬리를 흔들며
너와 등지고 서서
쓰레기 더미를 헤집으며
떨어져 죽는 새
무심히 보고 있을 때

하늘 아래 새로운 것 없다더니

책을 읽어도 모두 들은 소리

시를 읽어도 언젠가 들은 소리

──그럼 널 사랑해

……들어본 소리

──너를 싫어해

……참 많이도 들어본 소리

──축! 너의 사망

……늘 듣고 살았다

──이게 정말 씨발

……가소롭게도

──정말 이럴래?

……돌아서면 잊힐 말

──2천 년 전(천둥!)에 죽었던(번개!) 그(뇌성!)이가

　　여(벽력!)기 부(또 천둥!)활(또또 천둥)해 오! 셨! 다!

……믿지 말랬지

어제 들은 말을

내일 또 내가 지껄이고

내일 한 말을 어제 또 듣게 되리라

그러나

여기

갸우뚱거리며

엄마 배고파

옳다! 처음 들어본 소리다

가는 길

머리칼은 불타는 숯덩이
그러나 두 발은 얼음

드러누우면 온 방은 불꽃
일어나면 온 방은 얼음 창고
엄마 엄마 이리 와 요것 보셔요
어린 딸이 손짓해 부르는데
검은 쥐 한 마리 불붙은 머릿속을 헤집고
그는 숨구멍 앞에서 기다린다
빤히 보이는 길이
이리도 멀었다

가지 않아도 간다 머리칼로 발 씻으며 간다
떠나지 않아도 저절로 떠난다
바통을 들고 그가 기다린다
되돌아 걸어도 똑바로 간다
흙 속에 숨어도 간다
검은 나무 숲 별 하늘 부엉이가 눈뜨고

뛰지 않아도 간다
파란불이 켜졌다 곧 파란불이 켜진다

드러누우면 불 지르며
가라 하고
뛰어가면 다리가 깨어진다
몸은 가도 몸속의 쥐는 안 가고
가지 않아도 나는 간다

검은 새

머리 위엔 저마다
새 한 마리 살고 있지
골 위에 둥지를 틀고
알을 까면서
무관하게 살고 있지

깃털을 감겨선
볕에 말리고
빗질까지 해주면서
숭배하지

재빨리 두 손을
정수리에 올려봐
깃털을 파닥이던 검은 새

부리를 곧추세워
눈알을 파먹지
두 날갤 펴서는

두 귀를 막고

당장 내다보라지
간신히 목을 가누고
정수리로 떠받들고
기우뚱거리면서
두 다리로 휘젓고 있는
내가 보일 거야
간혹 귓바퀴를 후비면서
간혹 눈꺼풀을 열었다 닫으면서
온순하게
그리고 내 입술이라도 건드려보라지
으응 못 들었어
으응 못 봤다니까
그럴 거야, 그 말만 계속할 거야

큰 눈이 다가온다

물의 산!
궂은 날
돌아와 높이 서는 실버 마운틴
혼령들의 액체 뼈대로 세운
내게로 걸어오는 산!

숨이 콱 막히도록
목줄기를 두드리며
성큼성큼 다가오는
회한의 눈물 대행진!
물의 산 눈물 가득 찬 큰 두 눈을 벌려
내 머리부터 은빛으로 감싸려
달려오는
도도한, 막을 수는 도저히 없는
큰
산!

―오오오! 잠시만 기다리시라!

나 먼저 흘러갈 터이니
내 앞의 정면, 물의 산

나를 싣고 흘러만 가는 조그만 땅

간혹 우리는 걸어가면서
무섭지 않다고 말하겠지만
간혹 우리는 벽 밖으로 슬며시
주먹을 내놓아보았다고 말하겠지만
간혹 우리는 벽 위로 올라가
천방지축 호수와 산과 바다 위로
날아봤다고 말하겠지만
간혹 우리는 좁은 길 벗어나
길 없는 산속을 혼자 헤매어 건넜다고 말하겠지만

발바닥만 한 땅은 늘 내 발아래 붙은 채
손바닥만 한 하늘은 내 머리 위에 얹힌 채
나를 싣고 흘러만 가네
강 위로 미끄러져 내리는 작은 뗏목처럼

눈

그것 보라니까
눈 속으로 비행기 한 대쯤
추락하는 것
아무것도 아니라니까
화산이 폭발해봐
눈 하나
깜짝 안 할걸

불을 보아도 타지 않는 눈
보고 있어도 넘치지 않는 눈
만족할 줄 모르고 퍼 넣는
저 큰 눈의 아귀
블랙홀까지 연결된 저 검은 위장 주머니

물속에 뻐언히 뜨고 있어도
넘치지 않던 끔찍한 눈
징그러운
언제쯤 내려와서 거닐어보실는지
보시지만 말고 눈 떠주실는지

오후만 있던 일요일*

떨어진 비가 쳐다본
파란 하늘

망쳐버린 그림이 바라본
흰 종이

까마귀가 내려다본
묻힌 사람

오후에 일어나 뒤돌아본
아침

숨을 끊으면서 들어본
용수철 같은 딸의 아침 노래

* 그룹 〈들국화〉의 노래 제목.

그곳, 그날, 그리고 지금-여기

—시적 정치성의 분수령

오연경
(문학평론가)

　김혜순의 시가 늘, 시대와 그 시대의 언어와 그 시대를 받아내는 제 자신의 몸과 싸워왔다는 것을 우리는 잘 알고 있다. 그러나 그의 시가 시대의 구속으로부터 벗어나 어김없이 독서의 재개를 촉구하면서 지금-여기의 지평에 미리 도착한 미지의 말들이었다는 사실을 우리는 뒤늦게야 깨닫는다. 우리의 뒤늦음이 필연적인 것은 그의 시가 어떤 상황과 조건에서도 끊임없이 이전에 없던 언어로 이전에 없던 세계를 만들어내는 데 투신해왔다는 사실 때문이다. 그러니까 김혜순은 당대성 안에서 당대적인 것의 드러남을 위해 당대에 갇힌 말들의 재갈을 풀고, 처참할 정도로 무력한 언어의 폐허에서 말이 되지 못한 말들의 영토를, 그 모래 한 알만큼의 새로운 영토를 개척하고자 늘 당대에 앞선 걸음을 외롭게 내디뎌왔다. 여기에 김혜순 시의 현대성이 있다. 그에게 시를 쓴다는 것은 모든 고유명사들, 개별적인 사건들, 질서와 통념에 의한 배치들, 대상화하고 군림하려는 말들, 호명하고 소모하려는 욕망들, 관념과 기록의 관습들이 그 무능하고 폭력적인 실체를 드러내며 무력화되는 자리로 걸어 들어가는 것이었으며, 거기서 발화의 기원으로서의 주체가 지워지고 명명의 도구로서의 언어가 추방되는 사태에 기꺼이 몸을 던져 미지의 말들을 건져내는 일이었다.

이 무한한 도전과 싸움, 주체화의 길에 어떠한 정해진 방향성도 금기도 없다는 것을 열두 권의 시집으로 증명해온 김혜순의 시 세계에서, 그러나 따지고 보면, 변한 것은 하나도 없다. 그의 시는 늘 시로부터 가장 멀다고 생각되는 것에서 시적인 것의 가능성을 시험했으며, 오직 말하는 방식의 고안을 통해 미지의 사건을 생성해낼 때 가장 정치적인 말들이 탄생한다고 믿었으며, 상상하는 방식이 곧 저항의 방식이라는 것을 보여주었다. 그리고 무엇보다도 시의 당대성이란 그 말들이 탄생한 지점에서 소모되는 것이 아니라 끊임없이 지금-여기로 소급되어 매 순간 다시 살아난다는 것을, 그의 시는 시간을 견디며 증명해내고 있다. 1988년에 출간되었던 세번째 시집 『어느 별의 지옥』을 다시 읽는 의미가 여기에 있다. 근 30년 전의 말들이 여전한 부끄러움으로, 아니 지금-여기에서의 가장 절박하고 참담한 부끄러움으로 피어오른다. 책장의 갈피마다, 행간의 흐름마다, 낱말들 사이마다 지금 – 여기의 당대성이 솟아나 생생한 현재로 덮쳐온다. 그것은 지금의 사회와 현실이 1988년의 상황과 다를 바 없기 때문만은 아니다. 그의 말들이 항상 현재적이고 현대적인 것은 역사의 사건 속에 거주하는 주체들이 아니라 억압되고 유린된 장소, 그러나 없는 장소로서 부유하는 주체들의 목소리를 불러내기 때문이며, 개별 사건을 각인하고 고정시키는 말들이 아니라 그 사건들이 열어 보인 죽음의 현시를 아직 도래하지 않은 자리로 초대하는 말들이기 때문이다. 그러므로 지금 – 여기는 이제야 비로소 '어느 별의 지옥'을 시작한다.

그곳은 어디인가

이 시집에는 여섯 편의 「그곳」 연작이 수록되어 있다. "그 작은 방들, 끝없이 우리의 두려움이 아니라 그들의 두려움을 봉합할 가짜 소설이 강요되던 그 방들"(「시인의 말」)은 어디인가. 서두에 새로 덧붙인 자서에 따르면 이 시들은 1980년대에 출판사 직원이었던 시인이 불온서적의 저자 연락처를 대라고 다그치는 경찰에게 뺨을 맞고 돌아와, 하숙집에 엎드려 "뺨한 대에 시 한 편씩" 써 내려간 것이다. 새롭게 알게 된 이 사실이 아니더라도 '그곳'의 의미가 역사의 경계를 뛰어넘어 파도처럼 일어나 지금 – 여기로 육박해오는 것에 우리는 모종의 두려움을 느낀다. '그곳'은 이미 알려진 역사의 저편이 아니라 우리가 몸담고도 보지 못하고 눈을 뜨고도 알지 못하는 이편으로 와 다시 질문을 재개하기 때문이다. 그곳은 어디인가.

> 그곳, 불이 환한
> 그림자조차 데리고 들어갈 수 없는
> 눈을 감고 있어도 환한
> 잠 속에서도 제 두개골 펄떡거리는 것이
> 보이는, 환한
> 그곳, 세계 제일의 창작소
> 끝없이 에피소드들이 한 두릅 썩은 조기처럼
> 엮어져 대못에 걸리는
> 그곳,
> 두 뺨에 두 눈에 두 허벅지에
> 마구 떨어지는 말 발길처럼
> 스토리와 테마 들이 만들어져 떨어지는
> 그곳,
> 밖에선 모두 칠흑처럼 불 끄고 숨죽였는데
> 나만 홀로
> 불 켠 조그만 상자처럼
> 환한
> 그곳,

—「그곳 1」전문

그곳에 몸이 있다. 아주 환하고 아주 어두운 몸, 매 맞고 학대당하고 유린된 몸, 어린 짐승처럼 웅크려 도사린 몸, 고문과 수치와 처단에 맡겨진 몸, 옴짝달싹할 수 없는 몸.「그곳」연작의 다른 시들을 둘러보아도 마찬가지이다. 발가벗겨져 화형당하는 몸, 채찍을 받아내는 몸, 갇힌 몸, 버티고 배반하고 절망하고 죽는 몸이 그곳에, 이미 그리고 지금 그곳에 있다. 저 가혹한 몸의 사태는 감시와 검열과 통제와 고문이 난무했던 1980년대 한국의 정치 상황을 개입시키면서 동시에 지워낸다. 국가 폭력이라는 단일한 역사적 기억으로 환원될수 없는, 그때에도 있었고 오늘 여기에도 있는, 결코 종결되지도 않고 똑같이 반복되지도 않으면서 끝없이 계속될 어떤 사태가 '그곳'에서 일어선다. 그곳은 에피소드와 스토리와 테마가 만들어지는 곳, "세계 제일의 창작소", 그러니까 권력과 체제와 질서에 복무하는 '단 하나의 거대한 픽션'이 만들어지고 강요되고 유포되는 곳이다. 이 세계의 질서이자 법칙이라고 믿도록 세뇌하는 이야기, 힘 있는 자들의 판돈이 모두 걸려 있는 이야기, 문명사회의 이데올로기를 재생산하면서 그것의 균열을 봉합하는 이야기가 만들어지는 그곳은 "이야기의 산부인과 혹은 대형(大兄)의 중추"(「그곳4」)다.

그러니까 그곳은 없던 일도 명백한 사실로 조작해내는 국가 폭력의 공장일 뿐만 아니라, 세계를 규정하고 질서화하는 태초의 말씀이 강력한 신화로 자리하는 언어의 거처 그 자체인 것이다. 그렇다면 그곳은 피할 수도 있었던 예외적인 상황이나 갑자기 끌려 들어간 비일상적인 장소가 결코 아니다. 그 곳은 오히려 체제 내에 기식하는 자의 평범한 일상이자 저 거대한 픽션에 의해 억압되고 변질된 것들을 언어로써 다시 일으켜 세우고자 하는 자가 그 험난한 여정을 매번 새롭게 시작해야 하는 항상적인 출발점이다. 이 이중 구속의 사태를 누구보다도 명백하게 직시하는 자가 시인이라고 할 때 "밖에선 모두 칠흑처럼 불 끄고 숨죽였는데/나만 홀로/불 켠 조그만 상자처럼/환한" 그곳은 아버지의 말씀이 재갈을 물린 바로 그 입에서 이단의 말, 타자의 말, 미지의 말을 쏟아내는 곳, 고문과 수치와 고통 속에서 억압되었던 목소리를 토해내는 곳, 다시 말해 시라는 다른 가능성의 말이 탄생하는 곳이다.

다음―아버지들이 나온다
나와서 내 몸 밖에 커튼을 친다
비단처럼 보드라운! 그러나 강철 커튼!
솜처럼 푹신한! 그러나 이불보다 더 두꺼운!
다음―말씀의 채찍으로 내리친다
다음―잉크를 먹인다
몸통 가득 잉크가 차올라온다.

드디어 발가벗기고 매 맞고
무거운 이야기를 옷인 양 입고
몸 위로 가득 글씨를 토하고야 만다

수 세기 전에도 했던

비밀의 그 예언을

몸 전체에 부끄러운 불길을 매단 채

—「그곳 2—마녀 화형식」 부분

　아버지는 수 세기 전부터 이 무대를 장악해온 역사와 법, 권력과 체제, 문명과 남성의 얼굴이며, 이성과 질서의 이름으로 명령하는 자, 억압하는 자, 처단하는 자이다. 아버지는 몸 밖에 "커튼"을 치고, 다음 "말씀의 채찍"을 내리치고, 다음 "잉크"를 먹인다. 이 시가 연극적으로 구축한 '마녀 화형식'은 아버지의 명령과 억압과 금기가 언어에 새겨질 뿐만 아니라 언어 그 자체로 작동한다는 것을 보여준다. 아버지의 세계는 이질적인 것들, 알 수 없는 것들, 불확정적인 것들을 은폐하고 봉합하며, 그렇게 함으로써 하나의 완결된 세계를 가장한다. 여기서 여성은 아버지의 언어로 채워지고, 아버지의 언어로 말하도록 강요당하며, 결국 아버지의 세계에서 처형된다. 그러나 화형대 위에서 여성의 몸통으로 들어갔던 잉크가 다시 몸 밖의 글씨로 게워져 나올 때, 그것은 아버지의 말씀이 아니라 "수 세기 전에도 했던/비밀의 그 예언", 그러니까 수 세기 전부터 억압된 자리에서 솟아 나왔던 여성의 말, 이 세계의 균열과 부조리를 뚫고 아직 오지 않은 미지의 것들을 향해 던져졌던 마녀의 주문(呪文)과도 같은 말로 불타오른다. 그것은 "천만 개의 자물쇠로 밀봉된 검정"(「그곳 3—검정 또는 겨울」)을 두드려 깨우는 말이며, 들끓는 거짓말들로 뭉쳐진 "깜깜한 비지 덩어리"(「그곳 4」)를 칼로 내리쳐 그 측면도를 열어 보이는 말이며, "왼쪽 뺨 맞을 때와/오른쪽 뺨 맞을 때/그 짧은 막간"(「그곳 5」)에 눈길로라도 그려 보내는 안간힘의 말이다. 이 말들이 시가 아니고 무엇이겠는가.

　김혜순의 시에서 언어적 자의식의 최전선이 여성의 몸을 중심으로 형성된 것은, 그러므로 필연적이라 할 수밖에 없다. 남성 중심으로 재편된 상징계의 기호들이 '정상 담론'의 자리를 차지해온 역사 속에서 여성성은 늘 기호들의 타자이자 변방, 균열, 구멍, 결핍, 불안이었으며, 여성적 글쓰기는 기호들의 이질감과 불편함과 폭력성을 온몸으로 겪으면서 그것의 비루함과 가식과 허위와 무능력을 뚫고 가려는 전쟁이자 모험이었다. 그것은 타자화·대상화되어왔던 여성적 목소리를 주체의 자리로 돌려놓는 일이자 타자화·대상화하는 데 능한 언어로 하여금 내어주고 섞이고 변용되고 생성되는 몸 그 자체가 되도록 만드는 일이기도 했다. 「그곳」 연작은 폭력과 억압과 검열이 작동하는 언어의 감옥이 바로 언어의 또 다른 가능성이 타진되어야 할 장소라는 것, 그렇게 솟아난 미지의 말들이 "세계 제일의 창작소"에서 생산되는 거대한 픽션과 이데올로기의 허구성을 폭로하고 비판하는 시의 정치적 실천이 된다는 것을 보여준다. 그곳, 세계의 부조리가 제 폭력적인 얼굴을 드러내는 검은 방이자 세계의 얼굴을 찢고 이면의 빛을 일으켜 세우는 환한 방인 그곳은 환상이나 상징이 아닌,

우리와 우리의 언어가 몸담고 있는 현실 그 자체로 늘 지금 – 여기에 있다.

그날은 언제인가

1980년대에는, 아니 그 이후의 역사에서도 마찬가지로, 무수한 '그날'들이 있었다. 그날들은 숫자로 호출되고 의미와 가치가 매겨지고 특정한 사건으로 명명됨으로써 오히려 훼손되고 왜소해지고 지워지고 소모되어왔다. 그러나 그 무엇으로도 부를 수 없고 어떤 말로도 규정할 수 없는 그날, 우리의 뒷덜미를 잡아채 끌어다 앉히는, 지금 – 여기가 그날이라는 것을 끊임없이 고지하는, 우리의 몸과 감각을 이전과는 다른 것으로 바꾸어놓는 그날이 있다. 그날은 좀처럼 말이 되지 못하고 쉽사리 의미가 되지 못한 채, 스스로를 우리에게 드러내고 우리의 곁에 머물며 우리의 신체 기관을 지배하고 계속해서 우리에게 말하라고 명령한다. 김혜순은 그날이 한사코 이름이 되지 않고 한사코 의미가 되지 않고 한사코 시가 되지 않음으로써, 그러니까 그 무엇으로도 규정되지 않는 구멍이자 결핍 그 자체로 남아 우리에게 언제나 당도할 준비를 하고 있으며, 오직 그러한 방식으로만 당도한다는 사실을 보여준다.

그날, 아무도 시를 쓰지 않았다

다만 전화를 걸었다

수화기를 들고, 은밀히

시를 날려 보냈다

—새 옷을 입었는가?

—아니, 다만 헌 옷을 벗었어

그날, 아무도 시를 쓰지 않고

웨딩드레스를 찢어

붕대를 만들고

밥주발을 들어

각자의 머리를 담을 관을 삼았다

너무 아름다운 것은

시가 아니다

그날, 입을 벌려

처음인 듯 울 때

그것은 시가 아니었다

다만

한 도시 전체의 개화(開花)

지구 밭에 떠오른

한사코 시가 되지 않는 꽃!

—「한사코 시(詩)가 되지 않는 꽃」부분

여기 '아니다' 혹은 '않는다'로 서술되는, 그렇게 해서 생겨
난 부재의 자리에서 '다만'이라는 미약한 가능성으로 피어오

르는, 그런 날이 있다. 그날이 가르쳐준다. "너무 차가운 것"은 시가 아니라고, "너무 뜨거운 것"은 시가 아니라고, "너무 아름다운 것"은 시가 아니라고. 끓는 물속에서 뜨겁다 말하고 얼음 속에 누워 차갑다 말하고 아름다운 것을 보고 아름답다 말하는 것은 시가 될 수 없다. 그날은 저 자동판매기 같은 언어의 사용, 여기에서 여기를 이곳의 방식으로 말하는 시의 통념을 거부한다. 그러므로 "그날, 아무도 시를 쓰지 않았다"는 것은 언어화에 저항하는 사태, 그러니까 대면할 수 없는, 알 수 없는, 감각할 수 없는, 쉽사리 거머쥘 수 없는 역사의 순간을 고지하며 침묵 속으로 들어간다는 것을 말하는 것이다. 그 순간은 우리의 평범한 일상이 세계의 균열과 상처와 어긋남을 봉합하는 절차일 뿐이며, 이미 죽어 있음을 모른 채 반복하는 허위의 춤사위일 뿐이라는 것을 폭로한다. 그날의 시는 "새 옷"을 입는 것이 아니라 "다만 헌 옷"을 벗는 데서, "웨딩드레스를 찢어/붕대를 만들고/밥주발을 들어/각자의 머리를 담을 관을 삼"는 데서 아직 되지 않은 시의 가능성을 타진한다. "한사코 시가 되지 않는" 그날은 다만, "한 도시 전체의 개화"로만, 그러니까 도시 전체가, 그곳에서의 삶과 죽음의 감각이, 그날 이전과는 전혀 다른 존재의 차원으로 이행해가는 혁명을 통해서만 도래할 시의 지평을 연다.

오롯이 시가 되기 이전의 어떤 상태로, 미지의 것을 미지의 것으로 보전하는 사건으로, 한사코 시 – 되기에 저항하는 사건으로 끊임없이 지연되는 그날은 언제인가. 그날은 저 1980

년대의 비극과 폭력과 희생과 혁명의 순간들을, 이후에도 우리에게 공유되고 각인되어온 숱한 고통과 환희의 날들을, 그리고 지금–여기에서 목도하고 있는 현재진행형의 날들을 모두 품고 있다. 그러나 김혜순은 역사가 기록하고 공동체가 의미화한 그날들을 모든 시간의 것으로, 역사의 타자의 것으로, 이름 바깥의 것으로 되돌려, 몸으로 감각할 수 있는 지금–여기의 사건으로 다시 생성해낸다. 그날은 기록됨으로써 휘발되는 것이 아니라 한사코 시가 되지 못하는 저 침묵의 장소에서 헤매고 드나들고 두드리고 잠 깨우는 불면의 밤으로, 그 밤이 일으켜 세우는 전혀 다른 감각의 세계로 살아오고 또 살아온다. "귀를 자르고 싶던 그날 이후"(「어느 날의 이명」), 내 두 귀를 파먹고 들어앉아 다른 모든 소리를 증발시키고 비명을 질러대는 그의 목소리는, 그러니까 나의 모든 감각을 덮쳐 지배하는 타자의 방문과 같다.

전 재산을 처분해서
검은 진주를 하나 사듯이
온몸을 처분해서
눈을 하나 사야지

한번 보면
영원히 잊지 않고
저장해두는 눈

묻어도 썩지 않는 눈

타지 않는 검은 눈동자를 사야지

두 눈에 안대를 하고 있어도

눈 뜨고 나를 뻐언히

들여다보는 눈

목숨을 뚝 끊으면

내 목이 끊어지지 않고

먼저 세상이 내 앞에서

뚜욱 끊어지고

그다음 이스트처럼 부풀

눈동자

눈동자만의 삶을

—「두 눈에 안대를 하고 있어도 보여」 전문

"온몸을 처분해서/눈을 하나" 산다는 것은 온몸을 하나의 눈으로 만들겠다는 것이기도 하지만 나의 온몸을 버리고 내 것이 아닌 눈을 얻겠다는 것이기도 하다. "영원히 잊지 않고/저장해두는 눈/묻어도 썩지 않는 눈/타지 않는 검은 눈동자"는 어디에도 존재하지 않는 눈이다. 그것은 잊지 않겠다는, 썩지 않겠다는, 타지 않겠다는 의지, 그러니까 저 썩어가는 세계, 불타는 세계를 끝까지 외면하지 않고 보겠다는 의지로서 존재하는 눈이다. 그러나 눈의 의지는 내 몸의 욕망을 이

기기 어렵다. 죽음의 노예가 되어, 생존의 목줄에 매달려 기우뚱거리는 몸은 "으응 못 들었어/으응 못 봤다니까"(「검은 새」)라는 거짓말을 삶의 위태로운 보폭으로 삼아, 보이는 것도 보지 않으려 한다. 김혜순은 저 믿을 수 없는 '보는 눈'이 아니라, 그 눈에 안대를 해도 "눈 뜨고 나를 뻐언히/들여다보는 눈", 바깥으로 빠져나가 내 눈을 보는 눈, 그러니까 타자화하는 눈이 아니라 타자화된 눈으로 건너가고자 한다. 내 목을 끊어 나를 지우고 내가 보는 세상을 지워내고 나와 상관없이 부풀어 오르는 "눈동자만의 삶", 타자에게 들린 삶으로 건너가는 것은, 시가 삶에게 제안하는 무서운 거래이기도 하다.

그것 보라니까
눈 속으로 비행기 한 대쯤
추락하는 것
아무것도 아니라니까
화산이 폭발해봐
눈 하나
깜짝 안 할걸

불을 보아도 타지 않는 눈
보고 있어도 넘치지 않는 눈
만족할 줄 모르고 퍼 넣는
저 큰 눈의 아귀

블랙홀까지 연결된 저 검은 위장 주머니

물속에 뻐언히 뜨고 있어도
넘치지 않던 끔찍한 눈
징그러운
언제쯤 내려와서 거닐어보실는지
보시지만 말고 눈 떠주실는지

―「눈」 전문

　그러나 눈은 아무리 불을 보아도 제 자신은 타지 않으며, 아무리 전 세계를 한꺼번에 보아도 제 자신은 넘치지 않는다. 눈은 속눈썹 하나 다치지 않고 제가 원하는 것을 볼 수 있고, 화산이 폭발하는 불더미를 보면서도 눈 하나 깜짝하지 않을 수 있다. 눈으로 더듬어보려는 타자의 고통은 눈 밖에 있다. 김혜순은 "만족할 줄 모르고 퍼 넣는/저 큰 눈의 아귀" "블랙홀까지 연결된 저 검은 위장 주머니"의 식욕을 모르지 않는다. 타자에게 들리고자 하는 눈의 의지와 타자를 잡아먹는 눈의 욕망은 한 몸 안에 거주한다. 그럼에도 시인은 모순의 두 눈을 부릅뜨고 모순의 세계로부터 눈을 돌리지 않는다. "내 두 눈이 오직 상처에 뒤덮인 듯/내 두 눈에서 고름이 흐르는 듯/이 흐린 어둠을 끌어안고"(「부엉새」) 뒷걸음질하면서라도 갈 수 있는 데까지 가고자 한다. 어둠은 보이지 않는 곳에, 우리의 눈이 보지 않도록 길들여진 곳에, 이 세계의 질서가 존재하지 않는 것으로, 감각할 수 없는 것으로 배치한 자리에 가득 차 있다. 거기가 바로 김혜순이 말하는 "시가 태어나는 장소인 구멍, 시가 사라지는 장소인 구멍, 그 장소 없는 장소, 유령성으로 가득 찬 시의 장소"(김혜순·조재룡 대담, 『문학동네』 2016년 여름호)일 것이다.

나는 누구의 몸인가

그렇다면 "나는 안 보이는 것만 보인다"(「제삿밥 먹으러 온 망자들이 보이니」)고 할 때, 죽은 나와 어머니 배 속의 나와 망자들이 보이는 나는 누구의 몸인가. 어떻게 하여 안 보이다가 보이고, 안 보이는 것만 보이고, 보이는 것은 안 보이는가. 그것은 바뀐 몸일 것이다. 감각이 전도된 몸일 것이다. 몸을 버리고 다른 몸이 된 몸일 것이다. 삶은 착각이고 죽음은 현실이라는 깨달음이 아니라 죽어 있는 삶을 뚫고 살아 있는 죽음으로 간 무거운 몸이다.

죽으면 쳐들어온다
일생 동안 먹었던 밥들이
일생 동안 뱉었던 말들이
일생 동안 누었던 똥들이
일생 동안 마셨던 물들이

모두 쳐들어온다

몸속으로 다시 되돌아온다

되돌아와서는

창자에서

목구멍까지 차곡차곡 쌓인다

그리하여 이윽고 나는

저 바위보다 더 무거운

전 세계를 내 몸속에

담아 들고

저 세상으로 빠져들어간다

—「전 세계보다 무거운 시체」 전문

　"일생 동안 먹었던 밥들" "일생 동안 뱉었던 말들" "일생 동안 누었던 똥들" "일생 동안 마셨던 물들"은 이미 지나가버린 것, 소모되어버린 것, 흩어지고 사라지고 썩고 증발하여 여기 없는 것이다. 죽으면 여기 없는 것들이, '없음'이 쳐들어온다. 허공중에 떠도는 것이 아니라 몸속으로 와서, "창자에서/목구멍까지 차곡차곡 쌓"여서 '있음'이 된다. '전 세계보다 무거운' '있음'이 된다. 이제 내 몸은 이 세상이 용인한 절반의 몸이 아니라 이 세상이 보이지 않고 존재하지 않는 것으로, 불필요한 것으로, 더럽고 끈적거리는 것으로 버려둔 나머지 몸까지 되찾은 새로운 몸으로 태어난다. 새롭게 태어난 몸은 새롭게 회복된 세계인 "저 세상"으로 걸어갈 수 있다. 이때 '저'

세상은 삶이 끝난 이후의 세계가 아니라 '이' 세상이 억압하고 은폐하고 버려둔 다른 세계, 그러나 늘 이 세상의 균열과 그늘과 틈새에 고여 있던 타자의 세계를 가리키는 것이다. 이 시는 이처럼 이편에 속한 몸이 저편에 버려진 몸을 회복하는 사건, 그렇게 전이된 몸이 이 세계에서 빠져나간 타자의 세계를 되찾아오는 사건을 생리학적인 변이의 과정처럼 생생하게 그려 보인다. 그러니까 "죽으면"이라는 이 시의 가정은 사라졌다고 믿었던 것들이 내 몸으로 들어와 내 몸의 역사가 되어, 다시 생성되어 세계로 흘러들어가고자 하는 몸, 밥, 말, 똥, 물 등 소화되어 빠져나간, 몸이 배출하고 몸이 생성하고 몸이 했던 모든 것들이 되돌아와 역사의 고통과 흔적과 사유가 되어 다시 세계를 타진하려고 시도하는 몸, 그렇게 타자가 먹히기 전에 나부터 먹이로 내놓음으로써 저 세계가 쳐들어오기를 기다리는 몸이 보내는 신호, 다시 말해 이편의 것과 저편의 것을 몸 하나로 붙들어 매라는 신호, 죽음을 생성해내라는 신호이다.

저 죽음의 신호를 가장 오랫동안, 가장 절박하게, 피비린내 나게 타전해온 것이 여성의 몸이다. '먹이의 역사'는 강자가 약자를, 제국이 식민지를, 문명이 야만을, 서양이 동양을, 권력자가 피지배자를, 이성이 광기를, 정상이 비정상을, 도시가 광야를, 삶이 죽음을, 그리고 무엇보다도 남성성이 여성성을 먹어치워온 역사였다. 머리 푼 여자가 걸어오고 치마를 걷어 든 여자가 뛰어오고 "한 달에 한 번 피비린내 나는"(「역사

(逆史)」) 여자가 날아오는 것이, 그 자체로 역사(歷史)를 거스르는 역사(逆史)가 되는 이유가 여기에 있다.

　　무덤은 여기
　　가슴에 매달린 두 개의 봉분
　　이 아래 몇 세기 전의 사람들이 아직 묻혀
　　숨 들이켜고 있는 곳
　　바다에 달 뜨고 달 지듯
　　두 개의 무덤 아래
　　죽은 자들이 모여
　　망망대해를 펼치고 오므리는
　　달을 올리고 끌어당기는
　　여자의 깊은 몸 구중궁궐
　　또 한세상
　　몇 세기 전의 어둠이 아직도
　　피 흘리며 갇혀 있다가
　　초승달 떠오를 때
　　기지개 켜는 곳
　　뱀과 뱀이 입 맞추고
　　초록 풀 나무 덩굴이 수천 번
　　되살아나고 뒈지는 곳
　　어느 별의 지옥은 여기
　　　　　　　　　　　　　　　　—「어느 별의 지옥」 전문

김혜순은 여성의 몸이 버려진 무덤이고, 죽은 자들의 감옥이고, 빛나는 별이 지상에 천국을 짓고 있을 때 그 아래를 떠받쳐온 지옥이라는 것을, 그리고 거기가 언어의 죽음에 입 맞추는 시의 자리라는 것을 늘 우리에게 확인해주었다. 몇 세기 전의 사람들이 묻혀 아직 숨을 쉬는 곳, 몇 세기 전의 어둠이 갇혀 있다 기지개를 켜고 되살아나는 곳에서 그는 머리를 풀고 치마를 걷고 피를 흘리면서 시의 역사(逆史)를 써왔다. 김혜순에게 있어 여성시의 가능성은 곧 시의 가능성이었으며, 그 가능성을 타진하는 길은 지금 씌어지는 것이 시라는 것을 매번 그 자리에서 증명하면서 태어나는 말들, 그 생성의 순간을 제 안에 품고서 시의 영토를 이동시키는 말들을 향해 나아가는 길이었다. 그는 말할 수 있는 것과 말할 수 없는 것을 가르고, 말할 수 있는 것이 말해지는 방식을 구속하는 글쓰기의 경계와 통념에 저항하면서, 무엇보다도 시라고 알려진 말들의 통념에 맞서 지금-이곳의 세계가 잊고 있거나 은폐했거나 버려둔 미지의 것들을 환대하는 언어의 가능성을 끊임없이 열어젖혀왔다.

우리 앞에 지금, 김혜순의 『어느 별의 지옥』이 놓여 있다.

김혜순이 부려온 말들이 좀처럼 논리 정연한 비평과 이해에 의해 장악되지 않는 것도, 그러나 우리의 몸만큼은 그 말들에 민감하게 반응하는 것도, 그의 시가 이성과 감각, 의미와 형식, 정신적인 것과 물질적인 것, 현실적인 것과 비현실적인 것의 구분과 경계를 취하는 곳에서 언어의 가능성을 타진해온 말들이기 때문이다. 그렇다고 해서 그의 시가 형이 상학과 미학주의에 골몰하면서 일상의 온도와 압력을 외면했던 것은 결코 아니다. 언어적 자의식이 강한 시 혹은 방법으로서의 시라는 그간의 김혜순 시에 대한 규정은, 그러므로 절반 이하의 진실일 뿐이다. 사회와 언어, 의미와 형식, 정치적인 것과 미학적인 것이라는 뿌리 깊은 이분법의 치하에서 그의 시는 자주 현실과 사회와 정치의 바깥에 거주하는 시, 방법론과 형식미에 몰두하는 시, 급기야 난해한 시로 분류되어 왔다.

그러나 언어에 몰두한다는 것이 과연 현실과 사회와 정치를 돌보지 않고 오직 언어 안에서 언어 그 자체만을 들여다본다는 것을 의미하는가. 아니, 그렇게 하는 것이 가능하기나 한 것인가. 시인에게 언어란 가장 밀착된 것으로 주어진 것이자 가장 낯설고 몸에 맞지 않는 것이다. 김혜순의 시가 언어에 대한 첨예한 자의식의 자리를 타진하고, 이 첨예한 자의식에서 탄생한다고 할 때, 그것은 언어에 새겨진 문명과 문화의 기획, 권력과 체제의 논리, 통념과 관습의 폭력성을 예민하게 감지한다는 것, 아니 오히려 지배적인 사고 체계이자 사고방식 그 자체라고 해야 할 언어의 본성에 저항한다는 것을 의미한다. 언어가 체계이자 구조로서 존재하기 위해 그 아래 억압하고 은폐해온 것들을 언어 안에서 언어로써 드러내고자 하는 것은 현실과 세계의 어두운 기저를 의심하고 뒤흔드는 정

치적·비평적 운동일 수밖에 없다.『어느 별의 지옥』이 지금 –
여기에서 다시 텍스트의 카니발을 벌일 수 있는 힘은 여기서
나온다.

우리 앞에 지금, 김혜순의『어느 별의 지옥』이 다시 놓여
있다.

1978년 출범하여 오늘까지 이어져온 '문학과지성 시인선'
이 독자들의 사랑과 문인들의 아낌 속에 한국 현대시의 폴리
스Polis를 이루게 된 사실은 문학과지성사에 내린 지복이기도
하지만 동시에 한국시를 즐겨 읽는 독자들에겐 '상리공생(相
利共生)'의 사안이기도 하다. 왜냐하면 한국시의 수준과 다양
성을 동시에 측량할 수 있는 박물관의 역할을 이 시인선이 해
줄 수 있기 때문이다. 요컨대 여기는 한국시의 '레이나 소피
아Reina Sofía'이다. 시의 '뮤제오 프라도Museo Prado'가 보
이지 않는 게 아쉽긴 하지만.

그러나 '문학과지성 시인선'이 현대시의 개성들을 다 모아
놓고 있다고 오연히 자부할 수는 없다. 시인선의 편집자들이
한국어의 자기장 내에서 발화하는 시의 빛점들을 포집하기

위하여 고감도 안테나를 드넓게도 촘촘히도 작동시켰다 하더라도, 유한자 인간의 "앨쓴"(정지용,「바다」) 작업은 빈번히 누락과 착오로 인한 어두운 그늘들을 드리워놓기 십상이기 때문이다. 환상과 우연의 힘들은 완전하고자 하는 의지를 김빼는 한편, 우리의 울타리 바깥에서도 시의 자치구들이 사방에 산재해 저마다 저의 권역을 넓혀나가고 있다는 사실을 확인케 해 새삼 우리를 겸허한 반성 쪽으로 이끌고 간다.

모든 생명적 장소가 그러하듯이 시의 구역들 역시 활발한 대사 운동 끝에 팽창과 수축을 거듭하면서 크게 자라기도 하고 소멸되기도 한다. 때로는 구역의 진화와 시의 진화가 심히 어긋나는 때가 있으며, 그중 구역은 사용을 멈추었는데 시는 여전히 생생히 살아 있을 경우야말로 애달픈 인간사 그 자체가 아닐 수 없다. 외로 떨어진 시 덩어리는 우주선과 잡석들이 빗발치는 망망한 말의 우주의 유랑자의 위상에 처하게 되고 갈 곳 모른 채 표류하다가 서서히 소실의 검은 구멍 속으로 빨려 들어가거나 완벽한 정적의 외진 구석에 유폐된 채로 그 자리에서 먼지로 화할 수도 있을 것이다.

실로 한국 현대시 100년을 경과하면서 역사의 무덤 속으로 들어가기를 거절하고 삶의 현장에 현존하고자 하는 의지를 내뿜는 시뭉치들이 이곳저곳에서 출몰하는 횟수를 늘려가고 있었으니, 특히 20세기 후반기에 출판되었다가 다양한 사연으로 절판되었거나 출판사가 폐문함으로써 독자에게로 가는 통로를 차단당한 시집들의 사정이 그러하여, 이들이 벌겋

게 단 얼굴로 불현듯 우리 앞을 스쳐 지나갈 때마다 우리는 저 시뭉치의 불행과 저들과 생이별하여 마음의 양식을 잃은 우리의 불운을 한꺼번에 안타까워하는 처지에 몰리게 된다.

그리하여 우리는 '문학과지성 시인선' 내부에 작은 여백을 열고 이 독립 행성들을 우리 항성계 안으로 모시고자 한다. 이는 '시인선'의 현 단계의 허전함을 메꾸기 위함이요, 돌연 지구와의 교신망을 상실한 시뭉치에 제2의 터전을 제공하기 위함이요, 독자의 호시심(好詩心)에 모자람이 없도록 하고자 함이니, 이 삼중의 작업을 한꺼번에 이행함으로써 우리는 한국시에 영원히 마르지 않을 생명샘의 가는 한 줄기가 될 수 있기를 소망한다.

이 작업을 통해서 우리는 옛것의 귀환이라는 사건을 때마다 일으킬 터인데, 이 특별한 사건들은 부족을 메꾸는 부정-보충적 행위를 넘어 새로운 시의 미각적 지대, 아니 더 나아가 새로운 정신적 지평을 여는 발견적 행동이 되고야 말리라는 것을 확신하는 바이다. 우리가 특별히 모실 이 시집들의 숨겨진 비밀이 워낙 많다는 뜻을 이 말은 품고 있거니와, 진정 이 시집들은 처음 세상에 모습을 드러내었던 당시 독자를 충격했던 새로움을 보존할 뿐만 아니라 같은 강도의 미지의 새 새로움의 애채를 옛 새로움의 나무 위에 돋아나게 해줄 것이 틀림없다. 그리하여 독자는 시오랑E. M. Cioran이 언젠가 말했듯 "회상과 예감réminiscence et pressentiment이 반대 방향으로 멀어지기는커녕, 하나로 합류하는"(「생-종 페르

스Saint-John Perse」, 『예찬 실습*Exercises d'admiration*』 in 〈저
작집*Œuvres*〉, Pleiade/Gallimard, 2011) 희귀한 체험을 생생히
누리리라 짐작하거니와, 이 말의 주인이 그 체험의 발생주체
로 예거한 시인을 가리켜 "모든 시간대에서 동시대인으로 존
재하는 사람un contemporain intemporel"이라고 말했던 것과
마찬가지로, 이 체험의 신비함이야말로 모든 시간대에서 최
고의 신선도로 독자를 흥분케 할 것이다.

그렇긴 하지만 우리는 이 재생의 사건들을 특별히 꾸리는
별도의 총서는 자제하였다. 그보단 우리의 익숙한 도시인 '문
학과지성 시인선' 안에 포함시키고자 하는데, 우리의 '시인
선' 자체가 늘 그런 신비한 체험을 독자들에게 제공해주기를
기대하기 때문이다. 다만 아주 시치미를 떼어서 독자를 정보
의 결핍 속에 방치하는 우를 범할 수는 없는 연유로, 처음부
터 시작하는 번호에 기호 R을 멜빵처럼 감쳐서, 돌아온 시집
임을 표지하고자 한다. R은 직접적으로는 복간reissue의 뜻을
가리키겠지만 방금의 진술에 기대면 이 귀환은 곧 신생과 다
름이 없어서, 반복répétition이 곧 부활résurrection이라는 뜻
을 함축할 뿐 아니라 더 과감히 반복만이 부활을 가능케 한
다는 주장까지 포함할 수 있을 것인데, 그 주장이 우리 일상
의 천편일률적이고 지루하고 데데한 반복을 돌연 최초의 생
의 거듭남으로 변신시키는 마법의 수행을 독자들에게 부추
길 것을 어림한다면, 그것은 아무리 되풀이 강조되어도 지나
치지 않을 것이다. 더욱이나 어느 현대 시인은 "R이 없어서,

죽음은 말 속에서 숨 막혀 죽는다*Privé d'R, la mort meurt d'asphyxie dans le mot*"(에드몽 자베스Edmond Jabès, 『엘, 혹은 최후의 책*El, ou le dernière livre*』, 1973)는 촌철로 언어의 생살을 도려내었으니, R을 통해서만 언어는 존재의 장식이기를 그치고 죽음조차 삶의 운동으로 되살리는 것이다.

그러니 '문학과지성 시인선'의 새로운 R의 행렬 속에서 우리가 독자들에게 바라는 것은 이 한 글자의 연장이 무엇이든 그 안에 숨어 있는 한결같은 동작은 저 시인이 암시하듯 숨통 터주는 일임을 상기해달라는 것이다. 이 혀를 안으로 마는 짧은 호흡은 곧이어 제 글자의 줄이 초롱처럼 매달고 있는 시집으로 이목을 돌리게 해, 낱낱의 꽃잎처럼 하늘거리는 쪽들을 흔들어 즐겁고도 신기한 언어의 화성이 울리는 광경을 마침내 목격하고 청취하는 데까지 당신을 이끌고 갈 수 있을 터이니, 그때쯤이면 이 되살아난 시집의 고유한 개성적 울림이 시집에 본래 내재된 에너지의 분출이면서 동시에 그것을 그렇게 수용하고자 한 독자 자신의 역동적 상상력의 작동임을 제 몸의 체험으로 느끼게 되리라.

㈜문학과지성사